¿Qué quieres, caracol?

Hadis Lazar Gholami

Hamid Reza Akram

thule

El caracol quería una concha nueva,
así que se desprendió de la que llevaba
y decidió ir a una tienda de conchas de caracol.

Atendía una señora caracol que llevaba una espléndida
concha de doble piso. El primer piso estaba pintado de
rosa y el segundo de blanco. El segundo piso era más
pequeño que el primero y estaba rematado con un
tejado de dos aguas.

–Perdone, ¿podría venderme una concha como la suya? –dijo el señor Caracol.

La señora Caracol lo miró con sorpresa y contestó:

–Esta concha es para mujeres. Allí puede ver las conchas para hombres.

Y le señaló un escaparate repleto de toda clase de conchas: unas eran muy altas, otras muy amplias, y también las había con espirales que giraban y giraban sin fin.

–Su piel es muy brillante y tiene un tamaño medio. ¿Por qué no compra una de estas conchas blancas de decoración sencilla? ¡Están muy de moda entre los caracoles! –le sugirió la señora Caracol.

El señor Caracol le respondió:

–Pero es que me encanta la concha roja de doble piso que lleva usted. ¿Podría probármela?

La señora Caracol salió de detrás del mostrador y se puso junto al señor Caracol, frente al espejo. Entonces se vieron reflejados.

–Es la única concha de doble piso que tengo.
¿Quiere que le construya una concha de doble
piso para hombres? –preguntó la señora Caracol.

–Sí, la quiero. ¿Cuándo podría tenerla lista? –contestó muy convencido el señor Caracol.

–No lo sé. ¡Pase a visitarme! –dijo la señora Caracol.

Desde entonces el señor Caracol visitó a la señora Caracol cada día
para ver los progresos en la construcción de la concha de doble piso.
Cada día la señora Caracol le decía algo nuevo sobre la concha:

–¡Mire! Hoy he hecho un plano de su concha.

–Hoy madrugué para ir al mercado de caracoles y compré los materiales que necesitaba para fabricar su concha.

–Estoy trabajando en las espirales de su concha.

–Me he pasado tres días pensando en las ventanas que usted necesitaría.

–Por favor, deme una foto suya.
Quiero ver cómo le sentaría la concha.

Cada tarde el señor Caracol acudía a verla, ávido por conocer las
novedades sobre la concha.
Un día la señora Caracol dijo:
—Hoy la pintaré. Durante el día de mañana se secará y pasado mañana
ya estará lista.

Dos días después, el señor Caracol fue a la tienda
para comprar su concha. Ya estaba acabada.
Era una concha magnífica, de doble piso, con
ventanas azules y redondas, con un tejado de dos
aguas y una chimenea.

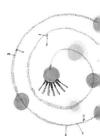

El señor Caracol se la probó. Le quedaba perfecta
y estaba muy guapo con ella.

–Le sienta la mar de bien –dijo la señora Caracol.

El señor Caracol sonrió muy contento y salió de la tienda a cuestas con su nueva concha. Tras cruzar la puerta, dudó un momento y se dijo: «Es una concha muy hermosa, pero creo que en realidad yo quería otra cosa».

Entonces se marchó pensando en qué era
aquello que su corazón echaba de menos.

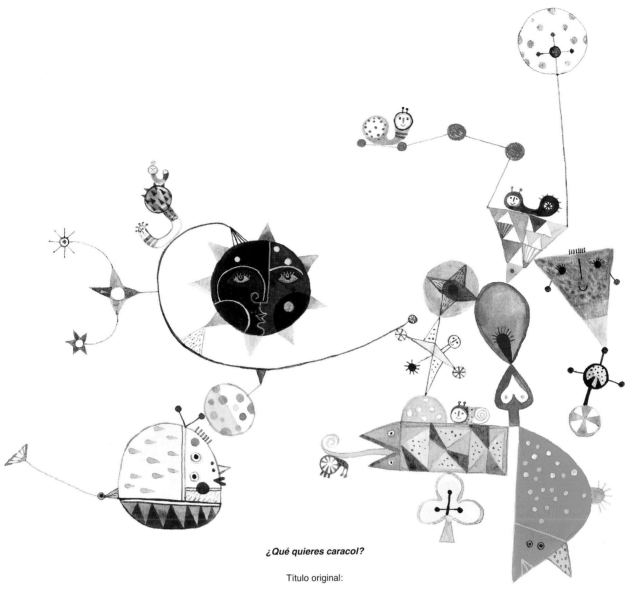

¿Qué quieres caracol?

Título original:

دلت چه می‌خواهد حلزون؟

© 2011 Hadis Lazar Gholami (texto)
© 2011 Hamid Reza Akram (ilustraciones)
© 2011 Shabaviz Publishing Company
© 2011 de la traducción, Thule Ediciones, SL
Alcalá de Guadaíra 26 bajos – 08020 Barcelona

Director de colección: José Díaz
Diseño y maquetación: Jennifer Carná
Traducción: Alvar Zaid

EAN: 978-84-92595-89-1
D. L.: B-7336-2011
Impreso en Gráficas 94, Sant Quirze del Vallès

www.thuleediciones.com